Umeyr'in bir yavru kuşu vardı.
Umeyr, onu çok severdi.

Bir gün kuş ölüverdi.
Ah! Umeyr buna ne kadar da üzüldü.

KÜÇÜK SAHABİLER-4

UMEYR'İN YAVRU KUŞU

Yazan: Özkan Öze   Resimleyen: Ceyhun Şen

Şu işe bakın! Tam da o günlerde,
Peygamberimiz, Umeyrlerin evine gitti.
Ve Umeyr'in çok üzgün olduğunu gördü.
– Umeyr'in nesi var, diye sordu.

– Umeyr'in bir kuşu vardı, dediler.

O kuş öldü. Ve Umeyr çok üzüldü...

Peygamberimiz Umeyr'i yanına çağırdı.

– Umeyr! Ne oldu senin yavru kuşuna, dedi.

Onu sevdi, başını okşadı.

O, insanları teselli edenlerin en iyisiydi.

Peygamberimiz, Umeyr ile ilgilenince,
Umeyr'in üzüntüsü birazcık geçti.
Yüzü yine gülmeye başladı...
Hem zaten Umeyr'in yavru kuşu,
artık Cennette uçacaktı...

(Yararlanılan hadis-i şerifin kaynağı: Müsned, 3/188; İbn Sa'd, Tabakât, 3/506)

KÜÇÜK SAHABİLER-4

uğurböceği yayınları

Yayın No: 227 • **Yayınevi Sertifika No:** 42547 • **ISBN:** 978-605-9723-65-7

Yazan: Özkan Öze • **Resimleyen:** Ceyhun Şen • **Genel Yayın Yönetmeni:** Ergün Ür • **Yayınevi Editörü:** Ömer Faruk Paksu • **İç Düzen/Kapak:** Uğurböceği Yayınları

Uğurböceği Yayınları Eğitim ve Dağıtım Tic. Ltd. Şti.

Emniyettepe Mah. Kazım Karabekir Cad. Avrupa İnşaat Apt. No: 3/1 Eyüpsultan/İstanbul • Tel: (0212) 446 21 00 • Faks: (0212) 446 01 39

www.ugurbocegi.net • bilgi@ugurbocegi.net • instagram.com/ugurbocegiyayinlari • facebook.com/ugurbocegiyayinlari • twitter.com/ugurbocegiyayin

Baskı-Cilt:

Ezgi Matbaacılık San. Tic. Ltd. Şti. • Çobançeşme Mah. Sanayi Cad. Altay Sok. No: 10 Yenibosna-Bahçelievler/İstanbul • Tel: (0212) 652 62 62 • Matbaa Sertifika No: 45029

17. Baskı: Eylül 2019